Jean-Luc Englebert remercie la Communauté française pour son soutien.

Loi 49956 du 16 juillet 1949,
sur les publications destinées à la jeunesse.
Dépôt légal : septembre 2010
ISBN 978-2-211-09802-1

Mise en pages : *Architexte*, Bruxelles
Photogravure : *Media Process*, Bruxelles
Imprimé en Italie par *Grafiche AZ*, Vérone

Le jour du A

Jean-Luc Englebert

Kulec Nicolas

Pastel
l'école des loisirs

Je suis de retour.

Maintenant, j'ai un cartable.

Et je sais lire !

D'ailleurs, regarde.

Sais-tu ce que c'est ?

Non ! Bien sûr !

Tu ne vas pas à l'école, toi !

Assieds-toi ! Je vais t'apprendre.

Je veux du silence.

Regarde bien…

Et voilà !

Non, pas «Whaaaaa !»

On dit : «A».

«A» comme…

ABRACADABRA !

Je prends cet AnAnAs…

Je le mets dans une Assiette.

Donnons-le au chevAl
qui pAsse pAr lÀ.

Il n'en veut pAs !
Quel ingrAt !

Puisque c'est comme çA !
Ce serA pour le chAt ! NA !

Ah !
Mais çA ne vA pAs…

On n'A pAs de chAt !

Et voilÀ ! C'est comme çA, le «A» !

Quoi ?

…

«A»…

comme…

AlligAtor !

Aaaaaaah!

Oh lÀ lÀ !

Ah ?

Ah ! Il s'en vA !

Bon débArrAs !

Ah lÀ lÀ ! Tu As dû Avoir peur !

Heureusement
que j’étais lÀ !

LA clAsse est finie, il est tArd.

Il est temps de se mettre
en pyjAmA !

Attends…

Bonne nuit !